To _____

From _____

KB133776

당신이 매일매일
좋아져요

indigo
Story and mate

당신을 좋아하게 된 후로

내 마음에 조그마한 꽃 한 송이가 핀 것 같아요.

커피 한 잔 주세요.

뭘 마실까?

평범한 모든 일들이 즐거워졌어요.

일을 할 때도,

혼자 있을 때도,

친구와 있을 때도 말이죠.

처음에는 스스로도 눈치채지 못할 만큼

아주 작았던 '좋아하는' 마음.

당신을 보는 것만으로도
그날은 하루 종일 마음이 두근두근해요.

당신을 보지 못하는 날에는
하루 종일 두리번거리곤 하죠.

길에서 우연히 당신을 마주칠 때마다
'어쩌면 운명일지도 몰라!'하며 기뻐하지만

결국 꿈속까지♡

사실 난 늘 당신을 찾고 있었죠.

당신을 '좋아하는' 마음은 나도 모르는 사이
자꾸만 커져 갔어요.

내 마음을 알아주었으면.

이대로 계속 볼 수 있었으면.

하지만 언젠가는 당신 곁에서 함께 걸을 수 있는

멋진 여자가 되고 싶어요.

집에서 오붓하게
비디오도 보고

온천
너무 좋아!

룰루랄라 ♪

예뻐져라!

예뻐져라.

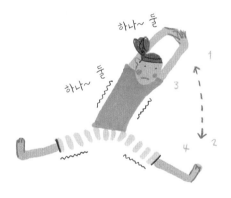

하나~ 둘

하나~ 둘

1

3

4 2

건강음료→

더워—

앗, 안 돼.

이렇게 혼자
들떠 있는 내 모습,

나 정말
......바보 같죠.

여자친구일까?

슬프게도 나는
혼자 보내는 시간이 많아요.

여자친구없는 줄 알았는데

좋아했는데

노력했는데

2킬로그램이나 빠졌는데

그래도 난 계속 미소 가득한 당신의 얼굴이 보고 싶어요.

그렇다면 이대로는 안 돼!

날마다 '했는데'만 외치고 있으면
절대 멋진 여자가 될 수 없잖아요.

지금 내가 당신에게 해줄 수 있는 것은
무엇일까요?

아마도 그건……

당신에게 세상에서 가장 맛있는 차를
만들어 주는 일!

맛있는 홍차 만들기

① 더운물로 찻주전자와 찻잔을 따뜻하게 데운다.

② 일정한 양의 찻잎을 넣는다. (200ml에 1티스푼)

③ 뜨거운 물을 붓는다.

④ 뚜껑을 닫고 찻잎이 우러나도록 뜸을 들인다.
(우러나는 시간에 따라 맛이 달라져요)

⑤ 찻잔에 따른다. 먼저 향을 즐긴 뒤
맛있게 드세요!

아― 향긋해.

맛있는 호지차* 만들기

① 손잡이가 달린 찻주전자에 찻잎을 가득 넣는다.

② 뜨겁게 끓인 더운물을 조심히 찻주전자에 붓는다.

③ 찻주전자를 흔들지 말고 그대로 가만히 30초간 기다린다.

④ 찻잔에 따른 뒤 천천히
한 모금씩 음미하세요!

home cafe

*찻잎을 볶아서 달인 차 : 옮긴이

당신 마음에 평화를 주는 아늑한 공간을 만들어 주고 싶어요.

이럴 땐 이런 허브 차를 마셔요!

반들반들
매끈한 피부를 원할 때

로즈힙 차 Rose hip Tea

비타민C가 무려
레몬의 60배!

감기 기운이 있을 때

헤비스커스 차 Hibiscus Tea

발열이나 기침을 진정시키고.
이뇨 효과도 있어요.
차갑게 마시면 맛있어요.

짜증이 날 때

레몬밤 차 Lemon Balm Tea

상큼한 향으로
심신의 피로회복에
효과가 있어요.

충분한 숙면을 취하고 싶을 때

캐모마일 차 Chamomile Tea

높은 진정효과,
릴렉스 효과,
몸을 따뜻하게 하는
효과가 있어요.

기분이 우울할 때

재스민 차 Jasmine Tea

플로랄 향이
가라앉은 기분을
안정시켜 주지요.

집중력을 올리고 싶을 때

로즈메리 차 Rosemary Tea

뇌의 움직임을 활성화시키는
성분을 포함하고 있어
기억력을 높여 줘요.

색도 예쁘네.

참 맛있네요.

아, 기뻐.

다른 누군가를 위해 무언가를 한다는 건
정말로 행복한 일.

그렇게 생각한 순간,

평범했던 나의 일상은 다채롭고

랄라~ 랄라~ 랄라~ ♪

웃음이 가득한 날들로 변했어요.

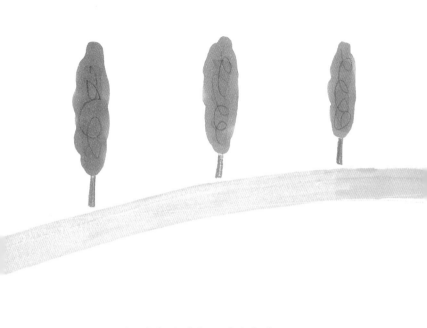

'좋아하는' 마음은 이렇게 계속
이어지고 있어요.

그때 '좋아하는' 마음을 알아차리지 못했다면
지금의 나는 없었을지 몰라요.

그렇게 생각하니 매일이
너무나 소중하게 느껴져요.

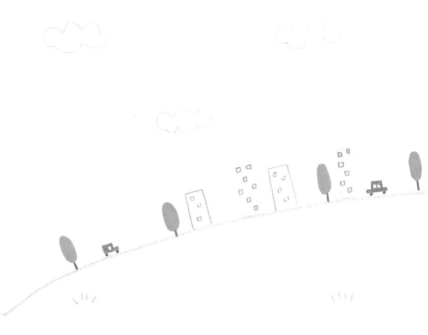

따스한 햇살 아래에 있는 것만으로도
마음이 포근하고 따뜻해요.

어떡해~
늦었다.

당신을 좋아하게 되면서
나 자신도 '좋아하게' 되었어요.

고마워요.
내가 좋아하는 그대.
가슴속 가득 차오르는 이 마음.

어머,
수염이 생겼네.

맛있다.

지금 내 마음속에는
'좋아하는' 마음이 넘치고 있어요.

좀 가자고요.

그래요.
나는 지금 정말로 행복해요.

날
새겠네.

내가 '좋아하는' 것들

무당벌레

물방울무늬

11월의 달님

강변에서
네 잎 클로버 찾기

햇살 따뜻한 곳에서 책 읽기

그림 그리기

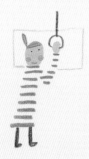

혼자서 지하철 타기

방 꾸미기

초콜릿

당신이 '좋아하는' 것은 무엇인가요?

당신이 매일매일
좋아져요 마음을 전하는 작은 책 ⑥

지은이 호리카와 나미 **옮긴이** 최윤영 **펴낸이** 김종길 **펴낸 곳** 글담인디고

책임편집 이은지 **편집** 임현주, 이경숙, 이은지, 박정란, 안아람 **디자인** 정현주, 박경은, 안수진 **마케팅** 박용철, 임형준
홍보 윤수연 **관리** 김유리

출판등록 1998년 12월 30일 제2013-000314호

주소 (121-840) 서울시 마포구 양화로 12길 8-6(서교동) 대륭빌딩 4층

전화 (02)998-7030 **팩스** (02)998-7924 **페이스북** www.facebook.com/geuldam4u

초판 인쇄 2014년 12월 20일 **초판 2쇄 발행** 2016년 4월 10일

ISBN 978-89-92632-87-4 03830
책값은 뒤표지에 있습니다. 잘못된 책은 바꾸어 드립니다.

이 도서의 국립중앙도서관 출판시도서목록(CIP)은 e-CIP홈페이지(http://www.nl.go.kr/ecip)와 국가자료공동목록시스
템(http://www.nl.go.kr/kolisnet)에서 이용하실 수 있습니다. (CIP 제어번호 : 2014037000)

이 책은 글담출판사가 저작권자와의 계약에 따라 발행한 것이므로 이 책 내용의 일부 또는 전부를 사용하려면 반드시 글
담출판사의 동의를 받아야 합니다.

글담출판에서는 참신한 발상, 따뜻한 시선을 가진 원고를 기다리고 있습니다. 원고는 글담출판 블로그와 이메
일을 이용해 보내주세요. 여러분의 소중한 경험과 지식을 나누세요.

블로그 http://blog.naver.com/geuldam4u **이메일** geuldam4u@naver.com